PHILOMÈNE

DRAME CHRÉTIEN

EN TROIS ACTES ET EN VERS

La scène est à Rome.

Par L. JAUBERT.

CLERMONT-FERRAND

Joseph BOUCARD, LIBRAIRE

1870

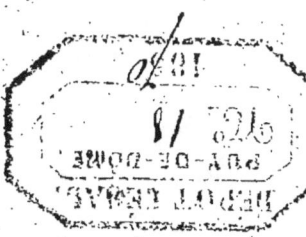

PHILOMÈNE

DRAME CHRÉTIEN

EN TROIS ACTES ET EN VERS

La scène est à Rome. — Le théâtre représente un riche salon
du palais de Gélona.

PERSONNAGES

DIOCLÉTIEN, empereur romain.
GÉLONA, ex-reine de Crètes, mère de Philomène.
PHILOMÈNE, fille de Gélona.
LUMENUS, ministre de Dioclétien.
MULUS, ministre de Dioclétien.
Un chrétien.
Un bourreau.
Gardes, esclaves.

PHILOMÈNE

ACTE PREMIER

La scène est à Rome. — Le Théâtre représente un riche salon
du palais de Gélona.

SCÈNE PREMIÈRE

GÉLONA, PHILOMÈNE.

PHILOMÈNE.

Ma mère, bannissez cette mélancolie,
Elle abrége vos jours,

GÉLONA.

Et mène à la folie,
Je le sais, mon enfant; mais pour la fuir, hélas !
Il me faudrait lutter... et mon cœur est trop las !...
J'ai tant souffert !

PHILOMÈNE.

Du Christ, méditez l'agonie !

GÉLONA.

J'ai tant pleuré !

PHILOMÈNE.

Songez aux larmes de Marie !

GÉLONA.

Je n'ai pas les vertus de ces êtres parfaits.

PHILOMÈNE.

Il faut les acquérir et vous aurez la paix.

GÉLONA.

Pour avoir cette paix dont tu parles sans cesse,
Il me faudrait revoir le doux ciel de la Grèce !
Il me faudrait l'époux que chérissait mon cœur,
Et que j'ai vu tomber au pied de son vainqueur
Dans un combat sanglant !

PHILOMÈNE.

        Le Seigneur ait son âme !

GÉLONA.

Pour avoir cette paix, sublime et sainte flamme,
Il me faudrait le trône où tu naquis, enfant ;
Mais l'empereur l'a pris et son bras le défend !
Qu'il soit maudit ce prince, auteur de tant de crimes !

PHILOMÈNE.

Laissez à Dieu le soin de venger ses victimes.

GÉLONA.

Quand je songe, ma fille, au bonheur d'autrefois,
A ce noble pays qui vivait sous nos lois
Et vantait chaque jour, de ton malheureux père,
L'équité, la sagesse et le règne prospère ;
Quand je songe à la gloire, à la félicité
Que je rêvais pour toi, dans ma simplicité !
Et que je vois, hélas ! le sort qu'on te réserve,
Malgré moi je frémis !

PHILOMÈNE.

        Ah ! le Ciel me préserve
De cet éclat pompeux dont s'enivrent les grands !
Nous avons sur ce point des avis différents :
Vous regrettez, ma mère, un passé plein de charmes,
Au milieu d'une cour autrefois sans alarmes ;
Et vous aviez rêvé que votre fille un jour,
Sur un trône brillant monterait à son tour.
Eh bien ! je dois ici, ma mère, vous apprendre,

Que depuis l'heure sainte où mon cœur put comprendre
Tout l'ineffable amour d'un Dieu crucifié,
Quand je vois les grandeurs je les prends en pitié !

GÉLONA.

Ton amour pour ce Dieu, que j'adore moi-même,
Te ferait repousser la dignité suprême ?

PHILOMÈNE.

Trop souvent le pouvoir engendre les abus,
Et sous un masque d'or étouffe les vertus ;
Et puis, vous le dirai-je ? un soir, aux catacombes,
Au pied de cet autel élevé sur des tombes,
Où le chrétien s'empresse et prie avec transport,
Où palpite la vie à côté de la mort,
Des grâces de Jésus, mon âme pénétrée,
Ne voyait que le ciel, quand la voix inspirée
Du patriarche Urbain, qui priait dans le chœur,
Par ces mots consolants fit tressaillir mon cœur :
« Philomène, dit-il, l'esprit saint qui m'enflamme,
Permet à mon regard de descendre en votre âme ;
Et j'y vois clairement écrit en traits de feu,
Le vœu que vous formez et qui plaît tant à Dieu.
Oui, vous avez raison de renoncer aux fêtes,
Aux honneurs, aux plaisirs, qui plus que les tempêtes
Bouleversent nos sens, troublent notre repos,
Et creusent sous nos pieds de précoces tombeaux !
Le ciel bénit ce vœu, mais le démon, ma fille,
Pour ternir votre front où la pureté brille,
Des enfers ténébreux viendra vous susciter
Des luttes, des combats ; sachez-y résister ! »

GÉLONA.

Quoi ! sans me consulter, as-tu bien le courage
De t'engager ainsi, toi, ma fille, à ton âge.

PHILOMÈNE.

Pouvais-je repousser cette voix du Seigneur.....

GÉLONA *l'interrompant.*

Je suis ta mère, enfant,

PHILOMÈNE.

Il est mon créateur !

SCÈNE II.

LES MÊMES, LUMENUS.

LUMENUS.

L'empereur, en ces lieux, madame, va se rendre.

GÉLONA, *à part.*

D'une secrète horreur je ne puis me défendre !
Que me veut ce tyran, auteur de mon chagrin ?

Haut.

Qu'il soit le bienvenu ton maître et souverain !

SCÈNE III.

LES MÊMES, DIOCLÉTIEN.

DIOCLÉTIEN.

Madame, il me tardait de vous offrir l'hommage
D'un cœur respectueux.....

GÉLONA.

Sire !...

A part.

Oh ! monstre !... j'enrage !

Haut.

Tant de bonté me touche et me charme à la fois.

Lui présentant sa fille.

C'est ma fille...

DIOCLÉTIEN.

Ah ! Vénus est réduite aux abois,
Devant ces traits divins..... En vérité, madame,
Vous devez être heureuse.

A part.

Oh ! la céleste femme !...

GÉLONA

Heureuse !... Je le suis si je songe à l'amour
Dont cette noble enfant m'entoure chaque jour;

Mais, sire, il est des maux qui flagellent sans cesse,
Que n'effacerait pas la plus tendre caresse !
Je fus reine autrefois... Que suis-je désormais?
Me rendrez-vous mon trône et mon époux?... Jamais !

DIOCLÉTIEN.

A charmer vos ennuis tout mon zèle s'applique.

GÉLONA.

Sans doute vous m'offrez un palais magnifique,
Des jardins merveilleux qui sont dignes d'un roi ;
Mais je suis prisonnière, et l'on veille sur moi !

DIOCLÉTIEN.

Plus tard, si vos désirs sont de revoir la Grèce,
On vous y conduira. Comptez sur ma promesse ;
En attendant, madame, il faut vous résigner.
Rome, que le destin vient de vous assigner,
Excite des mortels la joie et le délire;
Rome est de tous les lieux celui qui nous attire
Et nous séduit le plus : l'étranger dans son sein
S'arrête en soupirant, et forme le dessein
D'y terminer ses jours... Rome, cité fleurie,
Lui fait oublier tout : jusqu'au nom de patrie.

GÉLONA.

Je ne conteste pas de Rome la beauté,
Mais elle ne peut rien contre l'adversité.

DIOCLÉTIEN.

Vous oublierez bientôt, j'en ai l'espoir, madame,
Les chagrins si cuisants qui pèsent sur votre âme.

GÉLONA.

Ah ! ne l'espérez pas !

DIOCLÉTIEN.

                    Nos fêtes, nos plaisirs,
Le Cirque, le Forum combleront vos désirs.

GÉLONA.

Mes désirs sont ailleurs !... A la reine déchue,
Ce palais suffira, seigneur.

DIOCLÉTIEN.

De votre vue
Vous voulez nous priver ? Je ne souffrirai pas
Que les sombres ennuis s'attachent à vos pas !
A votre noble enfant je servirai de père
Et la présenterai demain avec sa mère
Aux plus grands de ma cour... Je veux que le Romain
Acclame sa beauté digne d'un souverain.

GÉLONA.

Philomène, seigneur, partage ma tristesse ;
Son cœur, comme le mien, est trop plein de noblesse
Pour aller demander à des plaisirs trompeurs
L'oubli de ses devoirs après tant de malheurs.

DIOCLÉTIEN.

Je prétends qu'à la cour elle prenne sa place.

PHILOMÈNE.

De cette attention, sire, je vous rends grâce ;
Croyez que mon esprit est vraiment bien confus
De répondre à ce vœu par un formel refus.

DIOCLÉTIEN.

Serait-ce vainement qu'ici je vous supplie ?

PHILOMÈNE.

Vous l'avez dit, seigneur.

DIOCLÉTIEN.

Mais c'est de la folie
De vouloir s'enfermer, comme dans un tombeau,
Au printemps de ses jours où tout paraît si beau !

PHILOMÈNE.

Je préfère aux plaisirs le bonheur de l'étude
Et l'amour maternel dans cette solitude.

DIOCLÉTIEN, à part.

L'on me hait, ou son cœur, épris d'un sot amour,
Veut me congédier.

Haut à Gélona.

Madame, en ce séjour,
Je vous laisse à regret...

GÉLONA.

Sire, j'ai la promesse
De votre majesté.

DIOCLÉTIEN.

Vous reverrez la Grèce,

A part.

Mais seule... Oh ! Philomène !..

GÉLONA.

Et si j'ai bien compris....

DIOCLÉTIEN.

Bientôt vous partirez.

A part.

Je la veux à tout prix !

SCÈNE IV.

GÉLONA, PHILOMÈNE.

PHILOMÈNE.

Quel est votre projet?

GÉLONA.

De ressaisir le trône ;
J'ai des amis puissants.

PHILOMÈNE.

Quoi! pour une couronne,
Vous oseriez tenter le sort de vingt combats
Dans lesquels périraient d'innombrables soldats?

GÉLONA.

Enfant, ce sacrifice est parfois nécessaire...
Dieu me protégera.

PHILOMÈNE.

Redoutez le contraire :
Toujours le ciel punit un prince ambitieux
Qui sans nécessité verse un sang précieux.

GÉLONA.

Ma cause est juste et sainte, et dussé-je, ma fille,
Reconquérir ce trône, orgueil de ma famille,
Au prix de longs tourments, je n'hésiterai pas :
J'accomplirai ma tâche en dépit du trépas!
Et maintenant, mon Dieu, serai-je bientôt libre?
Si j'étais condamnée à vivre au bord du Tibre!...
Oh! tout serait perdu!... j'en mourrais de douleur!

PHILOMÈNE.

Avec l'appui du ciel, on brave le malheur;
Et ce n'est pas en vain que le chrétien l'implore.

GÉLONA, *se parlant à elle-même.*

J'ai tort de m'alarmer, car, tout à l'heure encore,
Dioclétien m'a dit : comptez, comptez sur moi.
S'il allait me tromper!... La promesse d'un roi,
N'est souvent qu'un vain mot qui nous frappe et s'envole,
Et ne vaut pas toujours du berger la parole.

PHILOMÈNE.

Ma mère, voici l'heure où le chrétien pieux,
Doit suivre vers l'autel le ministre des cieux.
Dépouillez votre front des soucis de la terre,
Pour goûter avec fruit les grâces d'un mystère
Imposant et sacré, solennel entre tous,
Et qu'un prêtre bientôt va célébrer pour nous.

GÉLONA.

Philomène, aujourd'hui je me sens accablée,
Et ne me rendrai pas à la sainte assemblée.
Mais toi, dont le cœur pur est exempt de remords,
Va recevoir le pain des justes et des forts!

Philomène sort.

SCÈNE V.

GÉLONA, *seule.*

O Grèce, ô mon pays! Que j'ai versé de larmes,
Depuis que le destin fut contraire à nos armes

Et me livra captive aux mains de mon vainqueur !
Comme ton souvenir fait tressaillir mon cœur !
Lorsque je songe à toi, tes asiles champêtres,
Ton ciel si doux, les chants qui ravissent nos êtres,
Réveillent dans mon âme un pieux souvenir;
Mon passé t'appartient, à toi mon avenir.
Je revois en pleurant ton antique rivage ;
J'entends de tes forêts frissonner le feuillage,
Et sur la mer d'azur aux flots harmonieux,
Je vois au loin passer l'esquif silencieux,
Comme un berceau portant l'innocence endormie,
Mollement balancé par une vague amie.
O patrie, à ton nom tout vit, tout chante en moi,
O délice d'aimer, ô salutaire émoi !
Je veux sans plus tarder m'élancer vers la Grèce
Avec ma Philomène, il le faut, tout me presse,
Oui, je veux fuir ces lieux, et de mes deux amours,
Ma fille et mon pays, aller vivre toujours.
O toi ! dont le chrétien admire la justice,
Que ton regard, Seigneur, à mes vœux soit propice !
Mais quel est ce tumulte?... On vient... J'entends des pas...

SCÈNE VI.

GÉLONA, UN CHRÉTIEN.

LE CHRÉTIEN.

Madame, au nom du ciel, ne me repoussez pas !
Je suis un honnête homme, un chrétien qu'on pourchasse.
De connaître Jésus, si vous avez la grâce,
Vous voudrez m'abriter contre tant de fureur,
Car vous n'ignorez pas l'édit de l'empereur.

GÉLONA.

Quelle est donc cette loi? je l'ignore, mon frère,
Car je ne suis ici qu'une pauvre étrangère.

LU CHRÉTIEN.

Madame, cet édit, écrit avec du sang,
Sous l'œil de l'empereur, a déchu de son rang,

Privé de tous ses droits et frappé d'anathème
L'homme régénéré par l'onde du baptême.

GÉLONA.

Horreur !

LE CHRÉTIEN.

Ce n'est pas tout. Parfois Dioclétien
Aime à tremper ses mains dans le sang du chrétien ;
Pour amuser les grands dans les fêtes qu'il donne,
Il nous livre aux lions, aux tigres...

GÉLONA.

Je frissonne !
Mais c'est épouvantable !... Et tant de cruauté
N'irrite pas le ciel ?

LE CHRÉTIEN.

À sa férocité,
Les femmes, les vieillards, les enfants, rien n'échappe !
Voilà l'édit cruel, madame, qui nous frappe !
On vient... c'est Lumenus, le puissant favori.

GÉLONA, *désignant une porte.*

Contre sa haine, là, vous serez à l'abri.

LE CHRÉTIEN.

Ah ! que Dieu vous bénisse !

SCÈNE VII.

GÉLONA, LUMENUS.

LUMENUS.

Excusez-moi, madame,
Si j'ose jusqu'ici poursuivre un être infâme,
Un chrétien...

GÉLONA.

Arrêtez !... je suis seule en ces lieux.
De quel droit venez-vous, ainsi qu'un furieux,
Jusque dans ce palais, où l'empereur lui-même
N'entre qu'avec respect ?... Sortez !... ce stratagème
Pour m'épier est vil !...

LUMENUS.

Qui, moi!... Croyez-le bien,
Je ne venais chercher qu'un odieux chrétien ;
Et le ciel qui me voit sait combien je regrette
D'avoir, en m'abusant, troublé votre retraite.
Je me retire et cours après ce réprouvé.
.Oh ! je saurai l'atteindre!...

GÉLONA.

Enfin, il est sauvé ! ! !

FIN DU PREMIER ACTE.

ACTE DEUXIÈME.

Le théâtre représente une salle du palais de Dioclétien. Au lever du rideau Philomène est assise sur un lit de repos.

SCÈNE PREMIÈRE.

PHILOMÈNE, *seule.*

Mais que leur ai-je fait, moi, chétive et timide ;
Moi qui suis tout à Dieu, dont le regard me guide ;
Pour m'arrêter ainsi, que leur ai-je donc fait?
Mon front est-il chargé de quelque noir forfait?
Suis-je une vagabonde? une esclave rebelle?
Aux lois de ce pays, ne suis-je pas fidèle?
J'y songe!... les chrétiens, ici sont en horreur ;
Et, chrétienne, on m'arrête au nom de l'empereur.
Eh bien! je sers le Christ; je l'aime, je l'adore ;
Et s'il le faut, mon sang peut l'attester encore :
Qu'on l'interroge!

SCÈNE II.

PHILOMÈNE, DIOCLÉTIEN.

DIOCLÉTIEN.

Enfin, je puis bénir le jour!
Celle que j'aime, est là, dans ce riant séjour.

PHILOMÈNE.

Que vois-je, l'Empereur?

DIOCLÉTIEN.

Charmante Philomène,
Votre présence ici, dans mon âme ramène
L'ineffable bonheur que nous rêvons parfois,
Mais qui vient rarement dans le palais des rois.
Vous paraissez émue!... Auriez-vous quelque crainte?

PHILOMÈNE.

Je ne crains que Dieu seul.

DIOCLÉTIEN.

          Parlez-moi sans contrainte ;
Ainsi qu'à votre mère, ouvrez-moi votre cœur,
J'y veux prendre ma part de joie ou de malheur !

PHILOMÈNE.

Au temple de mon Dieu, j'allais, heureuse et fière,
Porter ce pur encens qu'on nomme la prière.
En marchant, je rêvais à l'autel couronné,
Où l'Eternel descend, de gloire environné.
J'écoutais, des chrétiens, les chants pleins d'allégresse ;
Je voyais l'encensoir fumant, fumant sans cesse ;
La foule prosternée au pied du Créateur,
Et le pontife saint priant avec ardeur.
Tandis que mon esprit, tranquille et sans nuage,
Souriait doucement à cette noble image,
Deux esclaves, par vous, placés sur mon chemin,
Sur moi, débile enfant, osent porter la main.
Je veux crier... horreur ! ma lèvre frémissante,
Sent un poignet de fer qui la rend impuissante !
Je souffre, je me plains, on rit de mes douleurs ;
Et si je pleure, hélas ! on insulte à mes pleurs !
Bientôt, de ce palais je dus franchir la porte ;
Dans quel état !... chacun en passant me crut morte !
De quel droit osez-vous porter la main sur moi ?
Vous êtes empereur, je suis fille de roi !
Oui, j'ai reçu le jour sur les marches d'un trône ;
Et vingt de mes aïeux ont porté la couronne.
A ces titres sacrés, j'ajouterai, seigneur,
Un titre plus puissant pour tout homme d'honneur,
Et qui vous prescrivait, au nom de ma jeunesse,
De m'entourer de soins et de veiller sans cesse
A ce que rien ne vînt troubler ma liberté :
Je veux parler des lois de l'hospitalité.
Or, ces divines lois, qui de tous sont chéries,
Ah ! qu'en avez-vous fait ?... Vous les avez trahies !!!

2

DIOCLÉTIEN.

Oubliez vos chagrins ; pour vous, un nouveau jour
Se lève plein d'espoir, de richesse et d'amour !

PHILOMÈNE.

Mon espoir est en Dieu. Le ciel, après ma vie,
Sera le seul trésor que le chrétien envie.
L'amour, mais quel amour vaut celui de Jésus !...
Et mon cœur en est plein.

DIOCLÉTIEN, *à part.*

J'attendais ce refus.
Elle est chrétienne.

Haut.

Eh quoi ! vous si pure, si belle,
Pouvez-vous aux plaisirs toujours être rebelle ?
A votre âge, les jours sont pleins d'enchantements ;
Souriez au bonheur, à ses enivrements ;
Rejetez loin de vous ces passions stériles
Qui dessèchent le cœur par des accès fébriles !
Présidez à nos jeux, aux fêtes de la cour,
Qu'on dise en vous voyant : C'est elle, c'est l'amour !

PHILOMÈNE.

Ah ! laissez-moi songer qu'à cette heure, ma mère
Cherche en vain son enfant, pleure et se désespère !

DIOCLÉTIEN.

Bientôt de l'embrasser vous aurez le plaisir :
Pour vous j'ai tout prévu, jusqu'au moindre désir.
Philomène, à vos pieds, voyez le roi du monde,
Le puissant empereur que la fortune inonde !
Les peuples devant moi se tiennent à genoux,
Admirant ma justice et craignant mon courroux ;
Devant ma volonté que nul pouvoir ne brave,
Au faîte des grandeurs je puis porter l'esclave,
Et d'un roi que je hais faire mon serviteur.
Voulez-vous partager ma suprême grandeur ?
Je dépose à vos pieds mon sceptre et mes richesses,
Et ne demande rien, pour prix de mes largesses,

Que votre main... Mon cœur, sans vous, sans votre amour,
Ne saurait, ici-bas, vivre heureux un seul jour.

PHILOMÈNE.

Devant tant de grandeur, sire, je suis confuse.
Souffrez qu'avec respect Philomène refuse
Un titre auquel son cœur ne saurait aspirer.
Assez d'autres, ici, pourront vous inspirer
Un amour plus profond, une flamme plus pure.
Je ne m'appartiens plus; l'auteur de la nature
A reçu mes serments : vous le voyez, seigneur,
Malgré moi, je ne puis partager tant d'honneur.

DIOCLÉTIEN.

Lorsque Dioclétien daigne quitter son trône
Pour mettre sur ton front sa brillante couronne,
Ton orgueil se révolte? Eh quoi ! ne sais-tu pas
Que le Dieu des chrétiens doit me céder le pas?

PHILOMÈNE.

O ciel !

DIOCLÉTIEN.

Écoute-moi, ce Dieu, comme tant d'autres,
Ne saurait exister... Non, pas plus que les nôtres.

PHILOMÈNE.

Quel blasphème effroyable !

DIOCLÉTIEN.

Ah ! ce sont les chrétiens,
Race abjecte, flétrie, à laquelle tu tiens,
Dont le faible cerveau, dans un jour de délire,
Inventa de ce Dieu le chimérique empire.
Philomène, crois-moi, reviens de ton erreur;
Sois la reine du monde et de ton Empereur !
Commande en ce palais! Tous, seront tes esclaves :
Tu verras à tes pieds les guerriers les plus braves,
S'incliner humblement devant ta volonté.
Règne par tes vertus comme par ta beauté !

PHILOMÈNE.

Sire, je vous l'ai dit : nul amour en ce monde,
Ne saurait remplacer cette flamme profonde
Qui brûle dans mon âme et monte jusqu'aux cieux.
Vous m'offrez des trésors, un trône glorieux,
Mais que sont tous ces biens devant celui que j'aime,
Qui bénit la prière et punit le blasphème ?
Vous niez son pouvoir, puissant Dioclétien ?
Qu'êtes-vous devant lui ? Poussière, atôme, rien !
Ne l'assimilez point à l'idole insensible ;
Redoutez sa colère, elle est parfois terrible !
Et si puissant que soit votre nom ici-bas,
Il le fera passer et ne passera pas !

DIOCLÉTIEN.

Philomène, arrêtez !... Vous êtes insensée...
Puisqu'il le faut, sachez jusqu'où va ma pensée :
J'ai juré par nos dieux que vous seriez à moi.
Je suis maître pour tous, et pour vous je suis roi
Or, vous m'appartiendrez, vous si belle, si pure,
Et si vous m'y forcez, j'emploirai la torture !

PHILOMÈNE.

Vos menaces, Seigneur, ne peuvent me fléchir.
Comme vous, à mon Dieu, j'ai juré de mourir,
Plutôt que de souiller ma robe d'innocence.
Et ! qu'importe la mort, lorsque j'ai l'espérance
De posséder un jour des trésors éternels ?
Loin de moi vos discours, vos désirs criminels !
En vain, pour me tenter, vous employez les charmes ;
En vain, pour m'effrayer, vous me montrez vos armes ;
Je suis inébranlable, ainsi que ce rocher
Battu par l'océan et l'effroi du nocher.

DIOCLÉTIEN.

Ah ! c'est trop m'abaisser !... à la fin je me lasse.
Vous n'avez, dans le cœur, qu'une haine qui glace
Vous vous repentirez de ce cruel mépris
Pour celui qui de vous est follement épris.

Il frappe sur un timbre. LUMENUS *paraît.*

SCÈNE III.

DIOCLÉTIEN, PHILOMÈNE, LUMENUS,
DIOCLÉTIEN à *Lumenus.*

En attendant l'arrêt qu'en secret je médite,
Emmène en un lieu sûr ce démon qui m'irrite.

SCÈNE IV.

DIOCLÉTIEN, *seul.*

Comme elle m'a bravé! moi, moi, Dioclétien !...
Pour avoir ce courage il faut être chrétien !
Oser me repousser alors que je l'adore !...
Me préférer son Dieu! Dieu cruel que j'abhorre,
Tu ne raviras pas à mon cœur plein d'amour,
Cet astre, dont l'éclat brille plus que le jour !
Quoi! je peux, à mon gré, répandre sur la terre
Les bienfaits de la paix ou l'horreur de la guerre ;
Les rois les plus puissants, les plus audacieux,
Se courbent sous mes lois et sont ambitieux
D'obtenir un regard tombé de ma prunelle,
Et je ne pourrais pas vaincre ce cœur rebelle ?
Quoi ! je ne pourrais pas arracher de son sein
Ses transports pour Jésus, quand j'en ai le dessein ?
Quel est donc ce Jésus, qu'elle oppose à ma flamme?
Un vagabond, cloué sur une croix infâme,
Entre deux scélérats, indignes comme lui !
Voilà son préféré !... *Il rit* Mon rival !... *Il rit.* Son appui!
Des doctrines du Christ, je vois le fruit qui germe...
Il en est temps encor... Je veux y mettre un terme...
Bientôt tous ces chrétiens, ainsi que des soldats
Laissés en liberté, corrompraient mes états.
Qu'ils meurent !... que leur sang du tigre soit la proie ;
Aux acclamations d'un peuple ivre de joie,
Que leurs membres impurs soient privés de tombeaux
Et servent de pâture aux vautours, aux corbeaux !

SCÈNE V.

DIOCLÉTIEN, LUMENUS

DIOCLÉTIEN.

Approche, Lumenus, eh bien ? cette inhumaine ?...

LUMENUS

Vos ordres sont remplis : la jeune Philomène
Gémit dans sa prison : mais sa mère, seigneur,
De pénétrer ici, demande la faveur.

DIOCLÉTIEN.

Sa mère ?... fais entrer... Après tout, cette femme
Servira mes projets.

A Gélona qui entre,
Je suis heureux, madame,
De vous voir en ces lieux.

GÉLONA
Que votre majesté
Daigne me pardonner si mon cœur tourmenté
Par un affreux malheur que rien n'égale au monde,
Ose vous dire : O roi ! ma tristesse est profonde,
On m'a ravi ma fille, et de lâches valets
L'ont amené ici, dans ce riche palais,
Où l'orgie en démence est là, qui hurle et crie,
Etouffant la vertu sous sa lèvre flétrie ;
Riant de ses tourments, lui prodiguant l'affront ;
Et quand la honte, enfin, a torturé son front,
On la jette en pâture au vice de la rue,
Chien toujours affamé, qui sur elle se rue,
La saisit et l'entraîne au fond d'un bouge noir ;
Où le crime se tient auprès du désespoir !
Oh ! je vous en conjure au nom de votre mère,
Qui fût morte à ma place, en sa douleur amère !
Au nom de l'Eternel, qui créa l'univers,
Et dont l'œil jugera le sage et le pervers !
Ayez pitié de moi, qu'à l'instant on amène
Dans mes bras languissants, ma douce Philomène !

DIOCLÉTIEN

Vous oubliez, madame, en me parlant ainsi,
Que l'insulte jamais ne parvint jusqu'ici,
Sans retourner soudain par le glaive pressée
Au sein qui la conçut dans sa rage insensée.
Pourtant, rassurez-vous ; celui qui peut sévir,
Parfois de pardonner doit goûter le plaisir.
Je vous absous, madame, et veux à l'instant même,
Vous faire ici l'aveu de mon amour extrême.
J'adore Philomène. Oui, moi Dioclétien,
J'ai cru pouvoir aimer la fille d'un chrétien !

GÉLONA.

O ciel, qu'ai-je entendu ?

DIOCLÉTIEN, *poursuivant.*

L'élever jusqu'au trône,
Et mettre sur son front, du monde la couronne !

GÉLONA.

Quoi ! sire, tant d'honneur nous serait réservé ?
Oh ! non, j'ai mal compris ou bien je l'ai rêvé.
Mon Dieu ! j'ai tant souffert... si j'allais être folle !...
Oh ! je vous en supplie, encore une parole !

DIOCLÉTIEN.

Madame, vous avez toute votre raison :
Mais moi, pour qui l'amour n'a que honte et poison,
Je tremble que la mienne, hélas ! ne m'abandonne !

GÉLONA.

Vous, comment ?

DIOCLÉTIEN.

Votre enfant méprise ma couronne,
Repousse mon amour, m'accable de dédain...

GÉLONA.

Qu'entends-je, Philomène ?...

DIOCLÉTIEN.

Oui, lorsque ce matin,

Sentant battre mon cœur à l'aspect de ses charmes,
Je l'ai fait enlever malgré ses cris, ses larmes,
Et que j'ai pu la voir dans cet appartement,
J'ai tout mis à ses pieds. Jugez de mon tourment,
Lorsque sa douce voix, dont mon âme est jalouse,
M'a dit ces mots : Jamais je ne serai l'épouse
D'aucun mortel, jamais !... Je préfère la mort !
Soudain, de la colère écoutant le transport,
J'ai crié, menacé, prié ; rien, dans cette âme,
N'a pu faire passer un rayon de ma flamme !
Alors, ivre d'amour et fou de désespoir,
J'ordonnai le cachot !

GÉLONA.

Le cachot !...

DIOCLÉTIEN.

Jusqu'au soir,
Espérant qu'à la fin elle serait vaincue.

GÉLONA.

Ma fille est dans les fers comme un brigand qui tue ?
Mais, sire, c'est affreux !

DIOCLÉTIEN.

Elle me résistait.

GÉLONA.

Ce lâche traitement, mon cœur le pressentait !
Eh quoi ! vos légions, passant comme la foudre
Dans nos faibles états, ont tout réduit en poudre ;
A votre char royal vous avez enchaîné
Un peuple valeureux par le sort condamné ;
Mon époux est tombé dans cette boucherie
En défendant ses droits, son trône et sa patrie ;
Vous nous avez couverts de larmes et de deuil ;
Et quand nous n'avons plus, pour légitime orgueil,
Qu'une fille chérie, espoir d'une vieillesse
Dont nous sentons déjà la main qui nous oppresse,
Vous osez la ravir à notre amour, cruel,
Et dans un noir cachot, comme un vil criminel,

Vous l'ensevelissez !... L'enfer seul, je l'atteste,
A pu vous inspirer cette action funeste.

DIOCLÉTIEN.

L'enfer, dites l'amour par un refus blessé.

GÉLONA

L'amour est généreux : s'il se voit repoussé
Il soupire, il gémit et va dans le silence
Ou le bruit des plaisirs, oublier sa souffrance.

DIOCLÉTIEN.

Quand il est trop ardent il trouble le cerveau.

GÉLONA.

Il peut être insensé, mais n'est jamais bourreau.
Ordonnez qu'à l'instant on me rende ma fille :
Elle est mon bien, ma joie et toute ma famille,

DIOCLÉTIEN.

Voyez-la, j'y consens ; mais n'espérez jamais
Qu'elle puisse franchir les portes du palais
Sans avoir de l'hymen reçu la douce chaîne.

GÉLONA.

Fiez-vous à mes soins.

A part.
Je crains tout de sa haine !
Gélona sort.

SCÈNE VI.

DIOCLÉTIEN, *seul.*

A nos riches trésors ajoutons d'autres biens :
Demain j'aurai sa fille et le sang des chrétiens !

FIN DU DEUXIÈME ACTE.

ACTE TROISIÈME

Le théâtre représente un cachot. Deux portes latérales. Un peu de paille dans un coin ; un morceau de pain noir sur une table.

SCÈNE PREMIÈRE

PHILOMÈNE.

Seigneur, secourez-moi, la force m'abandonne !
Pour lutter jusqu'au bout, que votre amour me donne
Le courage de Paul, cet illustre martyr !
Hélas ! si j'ai péché, voyez mon repentir !
Ne m'abandonnez pas dans la terrible épreuve
Qui commence déjà ! Si la douleur m'abreuve,
Si je vide la coupe où réside le fiel,
Ah ! que j'y trouve au fond un pur rayon de miel !
Mon Dieu ! c'est pour vous seul, pour votre sainte cause,
Que j'ai choisi l'épine et méprisé la rose !
Rappelez-vous un jour, qu'au trône de César,
Philomène aurait pu, par un jeu du hasard,
S'asseoir resplendissante et d'honneur et de gloire,
Et voir passer son nom immortel dans l'histoire,
Mais qu'elle a préféré mourir dans les tourments,
Comme un vil scélérat fait pour les châtiments,
Afin d'être à vos yeux toujours pure et fidèle !
Daignez toucher le cœur de ce prince rebelle
Qui méconnaît vos lois et sème la terreur
Parmi tous les chrétiens, auxquels il fait horreur !
Pardonnez-lui, Seigneur ! Oh ! je vous en conjure
Humblement à genoux ! Qu'à ma mort il abjure
Et brise ses faux dieux ; et que dans Rome, un jour,
Son cœur sur vos autels verse des flots d'amour !...
Qui s'avance vers moi ? Juste ciel, c'est ma mère ?...
Qu'elle est pâle, ô mon Dieu, dans sa douleur amère !

SCÈNE II.

PHILOMÈNE, GÉLONA.

GÉLONA.

Philomène en ces lieux ! Oh ! malheureuse enfant !
Elle pleure en embrassant sa fille.

PHILOMÈNE.

Ma mère, calmez-vous, mon cœur est triomphant.
Eu vain je suis ici comme une misérable,
Dans ce cachot infect ; de sa voix adorable,
Le Seigneur m'a parlé durant un court sommeil :
« Courage, m'a-t-il dit, la mort c'est le réveil ! »

GÉLONA.

Mais, moi, je ne veux pas, chère enfant, que tu meures.
Mon cœur saignerait trop. Laisse là ces demeures
Teintes du sang impur de plus d'un criminel.

PHILOMÈNE.

Et que tant de martyrs quittèrent pour le ciel,
Après avoir du Christ suivi la noble trace.
Ah ! mon âme, comme eux, aspire à cette grâce !

GÉLONA.

Quoi ! tu voudrais mourir par la main du bourreau ?

PHILOMÈNE.

Écoutez ce récit ; c'est un songe si beau !
Sur ce triste grabat, couche de l'infamie,
Après avoir prié, je m'étais endormie.
Tandis que je goûtais ce sommeil précieux,
Où l'on puise l'oubli, ce doux présent des cieux.
Une vive clarté vint chasser les ténèbres
Qui régnaient dans ces murs par le crime célèbres ;
Et la reine du ciel, brillante de beauté,
Apparut à mes yeux pleine de majesté !
Son front, miroir de l'ange, où la grâce rayonne,
De diamants sans prix, portait une couronne

Que surmontait encore une étoile d'azur.
L'esprit ne conçoit rien de plus beau, de plus pur.
Près d'elle, un séraphin, à l'aile radieuse,
Accompagnait d'un luth sa voix mélodieuse,
Tandis qu'un chérubin laissait tomber des fleurs
Sur ces tristes pavés tant arrosés de pleurs.
Et le regard divin de la Vierge Marie,
Semblait me pénétrer d'une grâce infinie
Qui ravissait mon âme et l'élevait au ciel!
Soudain, comme un esprit adorant l'Eternel,
Je me sens éblouie, et, d'amour presque folle,
Je m'élance à ses pieds et reste sans parole!
Mais la mère du Christ me dit : « Relève-toi!
» Bientôt, tu recevras, comme prix de ta foi,
» La palme des martyrs et leur gloire infinie;
» Mon regard soutiendra ta mortelle agonie;
» Et quand enfin, la mort réclamera ses droits,
» Je t'ouvrirai le ciel, séjour du Roi des rois. »
Les anges, à ces mots, sur leurs ailes divines,
Emportèrent leur reine aux célestes collines,
Laissant sur leur passage une trace de feu.
Lorsque je m'éveillai j'étais seule avec Dieu !

GÉLONA

Le plus beau songe, enfant, n'est qu'un leurre perfide;
Croire à ce qu'il nous dit, c'est être bien candide.

PHILOMÈNE

Quoi! vous doutez du mien? Mais cette vision...

GÉLONA

De ton esprit frappé n'est qu'une illusion,
Qu'une image trompeuse

PHILOMÈNE

Eh bien ! cette chimère,
Elle s'accomplira ; n'en doutez pas, ma mère.

GÉLONA

Ma fille, écoute-moi ; le puissant empereur
Que je quitte à l'instant, veut faire ton bonheur.

Il demande ta main. Tu sais combien je t'aime,
Et si je tiens à voir un brillant diadème
Sur ton front si charmant; suis-moi donc au palais
Où t'attend l'empereur.

PHILOMÈNE, *avec énergie.*

Moi, ma mère, jamais !

Timidement.

Pardonnez, si ce mot s'échappe de mon âme !
Je dois rester ici ; vous le savez, madame,
Je ne m'appartiens plus : par un vœu solennel,
J'ai donné sans retour mon cœur à l'Eternel.

GÉLONA.

On peut servir le ciel et porter la couronne.

PHILOMÈNE

Sans doute ; mais l'enfer est à deux pas du trône
Pour la reine parjure.

GÉLONA

En faisant ton serment
As-tu bien réfléchi?

PHILOMÈNE

Je l'ai fait librement ;
Après avoir sondé l'avenir insondable.
J'ai tout prévu, ma mère, et je serais coupable,
Si j'allais froidement, pour un jour de bonheur,
Accepter cette main que m'offre l'empereur.

GÉLONA.

Sais-tu bien, mon enfant, que ton refus le blesse?

PHILOMÈNE.

Dieu me réprouverait, si j'avais la faiblesse
De monter les degrés de ce trône sanglant.

GÉLONA.

L'éclat de tes vertus, bien mieux que le talent,
Peut le régénérer.

PHILOMÈNE.

Ce miracle, oh! ma mère!
Dieu seul peut l'accomplir pour étonner la terre.

GÉLONA.

L'ascendant de l'épouse est si puissant parfois...

PHILOMÈNE.

Jamais Dioclétien ne subirait mes lois.
Si j'acceptais sa main, avant deux jours, le traître,
Devant ses dieux impurs me ferait comparaître.

GÉLONA

Ton refus : c'est la mort...

PHILOMÈNE.

Réjouissez-vous donc,
Mourir en vrai martyr : c'est l'espoir du pardon !

SCÈNE III.

LES MÊMES, LUMENUS.

LUMENUS, *il a entendu les derniers mots de Philomène.*

Je n'ose les troubler !... Oh ! quelle grandeur d'âme,
Dans cette noble enfant!

A Gélona,

Excusez-moi, madame,
J'obéis à regret... Mes ordres sont précis...
L'empereur vous attend.

PHILOMÈNE, *à sa mère.*

Bannissez vos soucis !...
Allez, ma mère, un Dieu veille sur Philomène!

GÉLONA.

Ma fille, te laisser sous cette infâme chaîne !...

Elle embrasse sa fille.

LUMENUS, *à part.*

J'admire ces chrétiens, qui bravent pour leur Dieu,
La griffe du lion et le fer et le feu.

Gélona sort.

SCÈNE IV.

PHILOMÈNE, *seule.*

Sa douleur me fait mal.. pauvre mère! Ah! je tremble,
Que le même cachot bientôt ne nous rassemble!
Puissant Dieu d'Israël, toi qui vois nos combats,
Devant Dioclétien, ne l'abandonne pas!
Seigneur, que ton esprit par sa voix se révèle,
Et pénètre le cœur de ce prince rebelle!
Mais, si dans tes décrets que je ne puis prévoir,
Ta main nous trace hélas! un pénible devoir,
Si nous devons marcher vers le même supplice,
Que la volonté sainte, ô mon Dieu, s'accomplisse!
  On entend des cris dans un cachot voisin.
Qu'ai-je entendu? des cris?... de sourds gémissements?...
  Après une pause elle regarde au travers des barreaux.
Ciel! C'est un malheureux plongé dans les tourments!...
Les bourreaux sur son corps ont épuisé leur rage!...
  Elle écoute toujours.
Il invoque Jésus!... C'est un chrétien!...
                              D'une voix ferme.
                    Courage,
Frère, il est glorieux de tomber en martyr!
Le sang touche le ciel mieux que le repentir!

SCÈNE V.

PHILOMÈNE, LUMENUS.

LUMENUS.

Madame, c'en est fait!... l'empereur implacable,
A signé votre arrêt!...

                    PHILOMÈNE
                  Cet arrêt!...
          LUMENUS
                        Vous accable!...

C'est la mort!

PHILOMÈNE

C'est la vie après un mauvais jour !
C'est une éternité de bonheur et d'amour !

LUMÉNUS

A part.
Par Jupiter ! je crois que cette femme est folle.
Haut.
Vous avez mal compris le sens de ma parole.

PHILOMÈNE

La mort, avez-vous dit ; je ne m'abuse pas ?...

LUMÉNUS

Et vous êtes joyeuse en face du trépas ?

PHILOMÈNE

Pour le chrétien, la mort, c'est le réveil de l'âme,
Qui, secouant ses fers, sur ses ailes de flamme,
S'élance fièrement, comme un beau séraphin,
A travers les soleils des régions sans fin,
Et pénètre bientôt dans la sphère bénie,
Où résonne sans cesse une sainte harmonie ;
Où le bonheur, la joie éclatent tour à tour
Et confondent les cœurs dans un élan d'amour !
Puis, devant l'Eternel, que la gloire environne,
Elle courbe le front, et reçoit la couronne
Due à tant de combats, à tant de pleurs amers.

LUMÉNUS

La plus belle médaille, hélas ! a son revers !

PHILOMÈNE

Le ciel, ô Lumenus ! est une cité sainte,
Où de nos tristes maux on ignore la plainte,
Où la mort ne vient pas distiller son poison.
Oui, le bonheur du ciel confond notre raison.

LUMÉNUS, *à part.*

Mon cœur a tressailli ;... la voix de cette femme,...
Son regard inspiré... tout, vient troubler mon âme !

PHILOMÈNE

Vous voyez, Lumenus, qu'il est doux de mourir
Après avoir souffert.

LUMENUS

Vos vœux vont s'accomplir !
(Fausse sortie.)

PHILOMÈNE

Encore un mot :

LUMENUS

Parlez.

PHILOMÈNE

Voulez-vous, à ma mère,
Remettre cette croix qui lui sera si chère,
Et qu'elle portera...

LUMENUS

Donnez !

PHILOMÈNE

Venant de moi ?
C'est un joyau sans prix qui m'a donné la foi.

Lumenus prend la croix en riant, la considère un instant, devient sérieux, se trouble, puis tombe à genoux et
s'écrie :

O Dieu de Philomène, à mon tour je t'implore !

PHILOMÈNE

Mon ami, qu'avez-vous ?

LUMENUS.

Laissez-moi. Je l'adore !
Dans son sein paternel, j'épanche mon amour.

PHILOMÈNE.

Frère, persévérez !

LUMENUS.

Jusqu'à mon dernier jour !

3

PHILOMÈNE.

Ce miracle, ô mon Dieu ! me prouve ta puissance !
Ah ! vois son repentir et ma reconnaissance !
J'entends des pas... on vient... ô ciel, c'est l'empereur !
A-t-il ouvert les yeux sur sa coupable erreur ?

SCÈNE VI.

LES MÊMES, DIOCLÉTIEN, GARDES.

DIOCLÉTIEN, *voyant Lumenus à genoux.*

Que vois-je, Lumenus aux pieds de Philomène ?...
Lâche, tu me trahis et te ris de ma haine ?

LUMENUS, *se levant.*

Sire !...

DIOCLÉTIEN.

Tais-toi, tu mens.

PHILOMÈNE.

Sire !...

DIOCLÉTIEN, *à Philomène.*

Ne parle pas,
Démon que les enfers ont vomi sur mes pas !
Toi, dont le front changeant prend parfois l'auréole ;
Dont le puissant regard terrifie ou console
Selon ta volonté ; dis, tu voudrais aussi
Me tromper comme lui ? N'y songe pas !... Ici
Je suis maître pour tous .. Plus fort que la tempête,
J'élève ou fais tomber la plus illustre tête !
Vous avez tous les deux mérité mon courroux :
Lui, par un lâche oubli de ses devoirs, et vous,
Pour qui mon cœur trouvait, dans sa flamme profonde,
Que de mettre à vos pieds la couronne du monde,
C'était encor trop peu, tant je vous adorais,
En aimant l'être vil que vous me préférez,
Vous avez mérité ma haine et ma colère.

PHILOMÈNE.

Sire, ce jugement est plus que téméraire...
C'est une calomnie !

LUMENUS.

Une insulte !

PHILOMÈNE, à *Lumenus.*

Chrétien,
Subis-la sans te plaindre, et Dieu, qui te soutient,
Bénira tes efforts et confondra l'audace
De ce prince égaré dont l'orgueil nous menace !

DIOCLÉTIEN, à *Lumenus.*

Quoi ! lâche, pour le Christ, tu désertes nos dieux !

LUMENUS.

Mon message rempli, j'allais quitter ces lieux,
Quand cette noble enfant, à mourir condamnée,
M'a dit : Que par vos soins, ma mère infortunée
Reçoive un souvenir de sa fille !... Et ses doigts
Ont dépouillé son cou de cette auguste croix
Et me la présentant : Tenez, dit Philomène,
C'est un trésor sans prix... C'est elle qui ramène
La brebis au bercail. De doute souriant,
Je saisis cette croix qu'on me donne en priant.
O prodige ! ce Christ, insensible matière,
S'anime sous mes yeux : une vive lumière
L'environne. ., et je vois tout son corps torturé !
Le sang coulant à flots de son front adoré !
Ses pieds, ses mains, son flanc, que dis-je ? tout son être,
N'est qu'une plaie horrible où l'œil vient se repaître
De douleur, d'effroi ! Puis, ces mots ont retenti :
« Pécheur, je suis ton Dieu ! » Je l'avais pressenti.
Alors, courbant mon front que son amour enflamme,
J'adorais Jésus-Christ, et non pas cette femme.

DIOCLÉTIEN.

Brute, ne sais-tu pas que la magie est l'art
De surprendre le cœur en trompant le regard ?

LUMENUS.

Si c'est de la magie, ici, je le confesse,
J'adore, je bénis celui qui la professe !

DIOCLÉTIEN.

Gardes, saisissez-le ! Ce soir Dioclétien
Et ses fiers sénateurs verront si le chrétien
A le sang plus vermeil que celui de la bête.

Avec ironie.

Lumenus, je t'invite à cette noble fête.

PHILOMÈNE.

Frère, le ciel t'attend !

LUMENUS.

Que cet espoir est doux !

PHILOMÈNE.

Je vais prier pour toi.

LUMENUS.

Moi, je prierai pour vous.

PHILOMÈNE, *à part.*

Encor du sang !... grand Dieu, quelle horrible hécatombe !

DIOCLÉTIEN.

Avant que le bourreau, pourvoyeur de la tombe,
Pour accomplir son œuvre, apparaisse à vos yeux,
J'ai voulu, sans témoin, vous revoir en ces lieux,
Pour vous dire : Ecoutez, cruelle jeune fille !
Voici deux escaliers : l'un, noir ; l'autre qui brille.
Celui-ci, du palais vous offre le chemin,
Si vous daignez placer votre main dans ma main.
Celui-là, de la mort c'est la route connue.

PHILOMÈNE.

La mort conduit au ciel.... Et j'aspire à sa vue !

Désignant la porte de la mort.

Je sortirai par là, sire, tel est mon choix.

DIOCLÉTIEN.

Votre mère en mourra.

PHILOMÈNE.

Dieu bénira sa croix.

DIOCLÉTIEN.

Non. Que le même sort en ce jour vous unisse !

PHILOMÈNE.

Sire, qu'a-t-elle fait pour subir mon supplice ?

DIOCLÉTIEN.

Vous me le demandez ? Elle est chrétienne ! Horreur !
Et, crime impardonnable ! elle enfanta ce cœur
Qui repousse le mien !

PHILOMÈNE.

Mais c'est de la démence !

DIOCLÉTIEN.

Cruelle, tu le vois, ton supplice commence.
  Aux soldats qui l'entourent
Emmenez cette femme à la salle des morts !
Là, que chacun de vous, sans crainte ni remords,
Fasse à ce corps rebelle une affreuse blessure !
Frappez, frappez toujours ; épuisez la torture !

On emmène Philomène.

SCÈNE VII.

DIOCLÉTIEN, GARDES.

DIOCLÉTIEN.

Se parlant à lui-même.

Qu'on appelle Mulus ! Oh ! comme je l'aimais !
A l'oublier, hélas ! parviendrai-je jamais ?

SCÈNE VIII.

LES MÊMES, MULUS.

MULUS.

Sire...

DIOCLÉTIEN.

Que me veux-tu ?

MULUS.

Mais...

DIOCLÉTIEN.

Laisse-moi !... Non... reste.

Après une pause.

Aimes-tu les chrétiens ?

MULUS.

Sire, je les déteste !

DIOCLÉTIEN.

Cette race maudite infeste mes États :
Je veux l'anéantir par le fer des combats.

MULUS.

Le Tibre, au flot profond, violent, implacable,
Peut étouffer leurs cris, et dans son lit de sable,
Creuser leurs vils tombeaux. Les bûchers embrasés
Peuvent s'alimenter par leurs os écrasés.
Vous n'avez qu'à choisir le genre de supplice
Que vous leur destinez.

DIOCLÉTIEN.

Ma royale justice
Veut que j'approuve ici ces terribles projets.
Tous sont bons, pour punir de rebelles sujets.
Tu me comprends, demain, au lever de l'aurore,
Je veux que le pavé de leur sang se colore !

Mulus sort.

SCÈNE IX.

DIOCLÉTIEN, GARDES, *puis* GÉLONA.

DIOCLÉTIEN.

Quel est ce bruit?...

UN SOLDAT, *à Gélona, qui veut forcer l'entrée.*

Madame, ici l'on n'entre pas !

GÉLONA, *à l'empereur.*

Grâce ! et je baiserai la trace de vos pas !
Grâce !...

DIOCLÉTIEN.

Que voulez-vous ?

GÉLONA, *aux genoux de Dioclétien.*

       Oh ! grâce pour ma fille,
Unique rejeton d'une illustre famille !

DIOCLÉTIEN.

Madame, il est trop tard !... Philomène n'est plus !

GÉLONA.

Elle est morte, ô mon Dieu !

DIOCLÉTIEN.

      Vos pleurs sont superflus.

GÉLONA.

Qui donc es-tu ? bourreau de ma fille chérie !

DIOCLÉTIEN.

Je suis ton juge.

GÉLONA.

    Toi, fléau de la patrie,
Va, le ciel te récuse, et le monde irrité,
En transmettant ton nom à la postérité
Dira : « Dioclétien, fut un tyran sans gloire ! »
Et la postérité flétrira ta mémoire !

DIOCLÉTIEN, *aux soldats.*

A la salle des morts qu'on l'emmène à l'instant !
Le bourreau la réclame et sa fille l'attend.

SCÈNE IX.

DIOCLÉTIEN, *regardant sortir Gélona.*

Va, je garde à ta vue un terrible spectacle !...
Nous verrons si ton Dieu pourra faire un miracle.

SCÈNE X.

DIOCLÉTIEN, GARDES, UN BOURREAU.

LE BOURREAU.

Le ciel s'en est mêlé !... L'enfer est contre nous !
Philomène paraît insensible à nos coups !

DIOCLÉTIEN.

Que dis-tu ? *A part.* Sa raison est-elle chancelante ?

LE BOURREAU.

Voulant que sa douleur fût sûre, vive, lente,
(Il nous fallait pour elle un supplice inconnu;)
Par nos soins, son beau corps, seigneur, est mis à nu;
Puis, au pied d'un poteau, couvert d'un sang livide,
Pour la mieux attacher, j'offre une main avide.
Et pendant ce moment, pas un cri, pas un pleur
N'a trahi son courage en face du malheur !
Mais ses lèvres, tout bas, murmuraient des prières.
Deux esclaves, armés de flèches meurtrières,
S'avancèrent bientôt d'un pas ferme, assuré...
A leur vue elle dit : Quand l'homme est égaré,
Pardonnez-lui, mon Dieu, s'il frappe l'innocence !
A ces mots, on sourit, puis, un profond silence
S'établit... On tend l'arc... On vise... Le coup part...
Est-ce un effet du ciel, de l'enfer, du hasard,
Je l'ignore... Le trait, lancé d'une main sûre,
Rebondit sur son sein sans laisser de blessure.
Vingt fois on recommence, et la flèche vingt fois
Se brise sur ce corps où la mort perd ses droits !
Alors, rouge de honte et pâle de colère,
Je jure par nos dieux, par le sang de ma mère,
D'avoir son cœur. Soudain, dans un ardent brasier,
Je fais chauffer à blanc, ces dards d'un pur acier,
Espérant, cette fois, vaincre ce sortilége.
Mais, oh fatalité ! la main qui la protége
Et que l'on ne peut voir, retourne contre nous
Ces instruments de mort!... L'esclave, sous ses coups,
Succombe en frémissant de douleur et de rage.

SCÈNE XI.

LES MÊMES, MULUS.
MULUS, *brandissant une hache ensanglantée.*

Enfin, tout est fini !... Ce n'est pas sans courage !

DIOCLÉTIEN.

Elle est morte ?... Comment ?

MULUS.

Cette hache, seigneur,
En vengeant nos autels, a vengé votre honneur !

FIN DU TROISIÈME ET DERNIER ACTE.

Clermont-Ferrand, imp. d'Ergest Noaligat, rue de la Treille, 14.